Lucien et le mammouth

Lucien et les ogres, Boréal, 1998.

Jean Heidar

Lucien et le mammouth

Boréal

Les Éditions du Boréal remercient le Conseil des Arts du Canada
ainsi que le ministère du Patrimoine canadien et la SODEC
pour leur soutien financier.

Illustrations : Denis Goulet.

© 1999 Les Éditions du Boréal
Dépôt légal : 3e trimestre 1999
Bibliothèque nationale du Québec

Diffusion au Canada : Dimedia
Distribution et diffusion en Europe : Les Éditions du Seuil

Données de catalogage avant publication (Canada)
    Heidar, Jean, 1952-

    Lucien et le mammouth

    (Boréal Junior ; 63)
    (Lucien)

    ISBN 2-89052-982-7

    I. Goulet, 1965- . II. Titre. III. Collection. IV. Collection : Heidar,
Jean, 1952- . Lucien.

PS8565.E415L8	1999	jC843'.54	C99-941188-8
PS9565.E415L8	1999		
PZ23.H44Lua	1999		

CHAPITRE 1

Maintenant qu'il pleuvait, M. Loga-chev s'étonnait d'être là, dehors et mouillé, quasi immobile, à écouter ses chaussures faire schmoloque schmoloque. Machinalement il plia les orteils et tenta d'étirer ses chaussettes, de décoller la laine de ses pieds, mais la tentative le mit au bord de la crise de nerfs et il pensa à autre chose.

C'était un petit homme d'ordinaire sec, qui avait l'habitude, tous les dimanches, d'aller promener son chat au parc Lafontaine.

— Ça lui fait de l'exercice ! lança-t-il à Lucien et à Platypus qui se penchaient sur l'animal.

Platypus, explorateur de son métier, approuva de la tête :

— Tout le monde a besoin d'exercice.

Le petit Lucien, son compagnon, approuva aussi :

— L'exercice, c'est bon pour la santé.

Ils en seraient restés là de leur conversation si le chat, ennuyé par l'averse, n'avait miaulé pour rentrer.

— Chocolat chaud ? demanda Logachev.

Il habitait une rue à l'ouest, dans un immeuble rose bonbon, baptisé poétiquement *Se Vende Esta Casa**.

— Volontiers, répondit l'explorateur, qui commençait à grelotter.

— À la bonne heure ! sourit le bonhomme. Suivez-moi !

Et, d'un pas vif, il traversa la rue.

— Faites pas attention au désordre, fit-il quand ils furent dans l'appartement.

---

* Maison à vendre.

Lucien et Platypus restaient dans l'entrée, un peu mal à l'aise, bras et jambes raides, comme on est dans un portique étranger.

— Allez, encouragea Logachev, ne soyez pas timides !

Au deuxième chocolat, ils ne l'étaient plus, et Logachev, les coudes sur la table, leur racontait une histoire :

Le bonhomme était terrassier, c'est-à-dire conducteur d'engins, et, en creusant avec sa machine, il avait planté sa pelle dans un os aux proportions déraisonnables.

— Un os de géant ? avait demandé Lucien.

— Sans doute, avait répondu Logachev, mais un drôle de géant.

Il tournait et retournait sa tasse de chocolat...

Un géant de trois tonnes avec des défenses longues comme d'ici à New York. Enfin, disons comme la cuisine.

— Un mammouth ! cria Lucien, tout excité.

— Mammouth ou pas, poursuivit Logachev, quand le patron l'a vu, il a eu peur…

— Peur de quoi ?

Lucien soulevait des sourcils étonnés.

— Peur que les savantologues viennent farfouiller dans son chantier. Alors l'os, il l'a fait renterrer au plus vite !

Platypus soupira en pensant à tous les trésors détruits par bêtise ou perdus par ignorance…

— Sans compter, ajouta M. Logachev, que des défenses de cette taille doivent valoir très cher ! Imaginez le poids de tout cet ivoire !

L'explorateur hocha la tête en examinant ses doigts. Comme l'ongle du pouce gauche n'était pas très propre, il le cacha sous l'index.

— Cher ou pas, j'aurais bien aimé le voir, ce mammouth !

— Simple, répondit le bonhomme, il n'y a qu'à se rendre au bout de la ligne de métro.

Le bout du métro, c'était son chantier.

Ils parlèrent encore longtemps, M. Platypus avec M. Logachev et Lucien avec le chat.

À minuit, le chat n'avait plus rien à dire et le terrassier non plus.

— Rentrez bien, bâilla Logachev. Dommage que vous ne puissiez rester plus longtemps.

Mais on sentait bien, à sa façon de reluquer sa montre et de se gratter les fesses, qu'il n'était pas fâché de les voir partir.

Le chat, lui, griffait déjà son coussin, comme on boxe son oreiller avant de poser sa tête dessus.

Dehors, Lucien et Platypus marchèrent en silence, les yeux dans le trottoir. Le temps s'était mis à la neige. Des camions répandaient du sel, fouettant l'asphalte de zébrures tristes.

— Alors… dit le petit Lucien, on va voir ?

— Quoi donc ?

Mais, sans laisser à Lucien le temps de répondre, l'explorateur tira de sa poche deux billets de métro.

CHAPITRE 2

Berri… Beaubien… Crémazie… Les stations défilaient, grises, mornes, comme si elles avaient eu des cernes sous les yeux. Il faut dire que l'éclairage, ça ne les arrangeait pas beaucoup.

À la dernière station, au « Terminus — tout le monde descend », Platypus et Lucien, accroupis entre deux banquettes, écoutaient battre leurs cœurs.

Les portes s'ouvrirent et le wagon crachota ses derniers passagers.

« Terminus », répéta une voix dans le haut-parleur.

Un ivrogne souleva la tête puis, les yeux mal ajustés, sortit du train en titubant. Il trébucha devant l'escalier où deux employés d'entretien le balayèrent aussitôt.

« Terminus », répéta encore une fois la voix, « sortez, tous ! » avant d'ajouter sur l'air de *Carmen* : « ou prends gaaarde à toi ! »

Lucien sentit ses jambes flageoler.

Le chef du métro ayant terminé ses vocalises, les portes se refermèrent et la rame s'ébranla.

Lentement, le train passait la borne d'interdiction, s'enfonçait dans le tunnel, là où c'est défendu, là où personne ne va.

« *Alea jacta est** », pensa Lucien qui avait lu Astérix et les pages roses du dictionnaire.

Ses oreilles bourdonnaient bizarrement, comme lorsqu'on a fait une grosse bêtise et que l'estomac vous monte à la gorge.

---

* Les dés sont jetés.

— Et s'il s'arrêtait au milieu du tunnel?

Platypus, rivé à la fenêtre, regardait courir le mur de béton.

— Ce serait embêtant, admit-il, surtout que, j'y pense, tu devrais être au lit.

Il prit un air soucieux pour montrer que le sommeil est une chose importante pour les hommes comme pour les bêtes.

— Vous croyez qu'il va rouler encore longtemps?

L'explorateur haussa les épaules. Il y réfléchissait depuis dix minutes quand la rame commença à ralentir. Le tunnel se mit à défiler moins vite. De moins en moins vite. Le mur, derrière les vitres, laissait deviner des lézardes, des trous, des boursouflures.

Le train roulait maintenant à petites roues, courait menu, trottinait vers la lumière qui, tout devant, inondait une large plate-forme gris ciment.

— Non, plus très… répondit enfin Platypus.

— Pour ça, persifla Lucien qui avait aussi des yeux, j'avais deviné !

CHAPITRE 3

Mais… ais… ais… bêla Lucien lorsqu'ils arrivèrent sur la plate-forme.

Sa main cherchait celle de Platypus. L'explorateur la lui céda, autant pour calmer le petit garçon que pour se rassurer lui-même.

Une foule d'excités se pressait autour du train. Des hommes, des femmes, des ahuris, des déprimés, des grands-pères, des grands-mères… tout un monde qui collait le nez aux vitres pour les observer.

— Je ne savais pas qu'il y avait autant de gens qui rataient le terminus, bougonna l'explorateur, sinon j'aurais pris mes vacances ailleurs.

Quand les portières s'ouvrirent, un homme aimable aux joues tristes sortit des rangs et vint leur souhaiter la bienvenue. C'était le maire en personne, M. De La Couperose, qui, pris de sommeil après une dure journée, n'avait su, lui non plus, descendre du métro à temps.

Dressée au bout du quai, une longue table lui servait d'hôtel de ville. Toute la journée, il s'asseyait derrière et recevait.

On allait le voir comme on va à l'église, sérieux, en récitant des prières.

M. le maire allongeait les jambes et tendait l'oreille.

Selon les sondages, les gens étaient très déçus de son administration.

— Hum ! faisait-il pour se défendre.

À part trois indécis, tous voulaient rentrer chez eux. Comme le maire n'y pouvait rien, que le métro, après avoir déposé son monde, allait se parquer au diable, M. De La Couperose distribuait des fleurs, de faux œillets, en soupirant d'un ton mélancolique : « Nous sortirons bientôt, je vous le promets ! »

— Pour les nouvelles inscriptions, c'est par ici ! tonna une voix.

L'agent Bastarache était policier et veillait au bien-être des populations. Partout, il avait dressé des pancartes : « Défense de crier, de pique-niquer ou de se promener en maillot de bain. »

Le maillot de bain, c'était pour rire, car personne n'avait le sien, sauf un petit vieillard qui, avant de s'oublier dans le métro, était allé à la piscine.

— Pardon ? demanda Platypus, inquiet.

— Ne vous alarmez pas, rassura M. le maire, simple formalité. Un homme inscrit en vaut deux.

Content de son bon mot, il souleva ses joues tristes et gloussa comme une vieille poule.

— Suivez-moi, leur ordonna le policier.

— C'est obligatoire? demanda Lucien.

— C'est préférable, répondit Bastarache.

La foule s'écarta. L'agent de police marchait en tête en imitant les guides touristiques.

— À votre droite, dit-il, le lac.

Et il montra du doigt une vague étendue d'eau qui brillait, loin dans les ténèbres.

— Les dimanches on vient y pêcher en famille. Pour les permis, c'est trois dollars.

— Trois dollars! s'exclama Platypus.

— Oui, je regrette, la pêche n'y est pas très bonne.

— Et vous pêchez quoi? demanda Lucien, intéressé.

— La crevette cavernicole, dit le policier.

— La crevette cavernicole, *cargo de profundis,* expliqua le maire, est un petit crustacé de trois centimètres de long qui vit, vous l'aurez deviné, dans les profondeurs sombres des cavernes. Battue en neige, elle accompagne avec bonheur tartines et spaghettis. Avant d'être maire, ajouta-t-il en baissant modestement les yeux, j'étais cuisinier.

— Heureusement que vous ne l'êtes plus ! s'écria l'explorateur, dégoûté.

— À votre gauche, poursuivit le policier…

Mais il se tut car à gauche il n'y avait rien ; d'ailleurs, ils arrivaient.

Campée derrière la longue table municipale, la secrétaire, Mme Dufroi, les attendait en rongeant son stylo. Elle leur désigna une chaise et les invita à s'asseoir.

Malgré son nom, c'était une femme jeune et sympathique aux dents très blanches.

Platypus obtempéra, un peu intimidé.

— Nom, prénom, profession… commença-t-elle, pendant que le maire s'installait à ses côtés.

Aussitôt, comme si en posant son derrière M. De La Couperose avait lancé quelque obscur signal, le quai tout entier s'agita.

— La queue ! claironna Mme Dufroi à la foule qui se précipitait vers le magistrat. Faites la queue s'il vous plaît !

Fidèle à ses habitudes, M. le maire ouvrit son attaché-case et en tira trois douzaines d'œillets en papier.

Savoir d'où il les tenait relevait du mystère, mais on supposait d'épuisantes soirées de travail.

— Maintenant qu'on est inscrits, qu'est-ce qu'on fait ? demanda Lucien.

— Le bureau des plaintes est ouvert jusqu'à cinq heures, répondit la secrétaire en rangeant ses papiers, si vous voulez, vous pouvez faire la queue avec les autres. À défaut de vous ramener chez vous, les fleurs vous consoleront.

CHAPITRE 4

Ils sont complètement fous !
Platypus, mains dans les poches, marchait le long de la plate-forme. Le wagon du métro était toujours là, immobile, portes ouvertes, bayant aux corneilles.

— Complètement, admit Lucien. Si au moins ils savaient pour les défenses de mammouth…

Depuis trois heures qu'ils interrogeaient tout le monde, Platypus et Lucien commençaient à soupçonner M. Logachev de malveillance. Personne n'avait jamais entendu parler du terrassier ni de ses découvertes.

L'explorateur continuait à se promener,

l'air songeur. À vrai dire, il ne pensait à rien du tout, mais marcher tête basse en plissant le front lui donnait l'impression d'avoir la cervelle très occupée.

— Zut de zut! tempêta tout à coup Lucien. On ne va tout de même pas rester ici cent sept ans à collectionner des œillets en papier!

La colère lui brûlait les joues.

— Tu veux une merguez?

Pour les moments difficiles, Platypus gardait toujours une saucisse en réserve dans son sac. Vieille habitude d'explorateur.

— Non, merci! gronda Lucien, irrité qu'on puisse parler nourriture à pareil moment.

— Allons, allons… un peu de courage!

— On ne peut pas tous être comme vous et ne penser qu'à manger!

L'explorateur se tira le lobe de l'oreille pour soupeser la remarque.

— Tu n'as rien remarqué ? demanda-t-il comme pour changer de sujet.

Malgré lui, le petit Lucien tâta des yeux la longue plate-forme. À l'hôtel de ville, les gens continuaient à faire la queue ; d'autres discutaient ; d'autres encore jouaient aux cartes ou aux dés. Un chanteur chantait. Des grands-mères balayaient. Penché sur ses panneaux, l'agent de police Bastarache gribouillait ses interdictions…

— Non, répondit le petit Lucien.

— Cherche bien ! insista l'explorateur.

— Vous dites ça pour me faire marcher…

— À peine, trois cents pas tout au plus… Allez, viens !

En se tirant le lobe, l'explorateur avait distingué, au bord du lac, la silhouette d'un petit bateau.

Pendue tout près de l'embarcation, une enseigne peinte en jaune annonçait : « Au fil de l'eau, vacances-croisières ».

— Il n'était pas là tout à l'heure, plaida Lucien, sinon je l'aurais vu !

De fait, le bateau venait de rentrer. Son propriétaire, un type au visage long et taciturne, finissait de l'amarrer.

— Vous devriez mieux vous annoncer, lança de loin l'explorateur au bonhomme, nous sommes passés trois fois par ici sans même apercevoir votre écriteau.

— On fait ce qu'on peut, répliqua l'individu d'un ton maussade.

— Bonjour, monsieur, dit Lucien.

— En voilà au moins un de poli, grogna le propriétaire, ça fait plaisir à entendre.

Et il posa sa grosse main sur la tête de Lucien pour lui ébouriffer les cheveux. Quand ceux-ci furent emmêlés à nicher des hirondelles, il ajouta :

— Que puis-je pour vous ?

— Nous faire traverser ! répondit simplement Platypus. De l'autre côté du lac. On nous a parlé d'une chose et nous aimerions voir si elle y est.

— De quelle chose ?

— Rien de particulier, hésita l'explorateur, un mammouth.

Le propriétaire du bateau, un moment incrédule, éclata de rire :

— Un mammouth ? tiens donc !

Il continuait de les observer, curieux.

— J'ai bien entendu des bruits étranges ou vu des lumières qui se baladaient toutes seules, mais un mammouth jamais ! Ceci dit, je veux bien vous faire traverser !

Et, à la manière des gondoliers, il s'arma d'une longue perche avant de mettre le pied dans son bateau.

CHAPITRE 5

Selon le passeur, la traversée n'irait pas sans risque bien que le lac ressemblât plus à une mare qu'à un lac proprement dit.

— Les courants, expliqua-t-il d'un ton grave, de vrais maelströms !

Sans doute cherchait-il à impressionner ses passagers. Pour faire bonne mesure, il fredonnait d'une voix sourde d'affreuses chansons pleines de morts et de pendus.

Le quai s'éloignait. De loin, la rame de métro, toute bleue, était féerique.

Entraînées dans le sillage du bateau, des milliers de crevettes phosphorescentes venaient s'écraser contre la coque, donnant à l'embarcation l'aspect d'un arbre de Noël.

— Comme c'est étrange, murmura Lucien.

— Comme dans un rêve, renchérit Platypus.

Déjà, ils approchaient de la rive opposée. Les pierres du fond commençaient à affleurer. Roches noires, aux arêtes souvent pointues.

Sous son derrière, Lucien les sentait râper le bateau, le griffer. Bruits sinistres qui se répercutaient le long de la rive et laissaient croire au naufrage.

Avec effort, le passeur s'arc-bouta sur sa perche, et l'embarcation, comme fouettée, bondit par-dessus la rocaille et alla glisser jusqu'au rivage.

— Nous y voilà, annonça-t-il, comme s'ils sortaient d'une longue et dure épreuve. Et maintenant ?

Maintenant, il s'agissait de débarquer.

D'une enjambée maladroite, Lucien et Platypus furent sur la grève, le propriétaire du petit bateau derrière et le rivage inconnu devant.

— Si j'étais vous, avertit le passeur, je ne me risquerais pas plus loin !

Le rivage inconnu devant était si sombre qu'il donnait l'impression de vomir du charbon. Platypus avança d'un pas, puis, bravement, braqua sa lampe de poche.

Si obscur que fût l'endroit, un autre, plus noir encore, lui succédait.

— Une galerie…, murmura Lucien, un souterrain.

— N'y allez pas, recommanda le passeur, effrayé. On peut se perdre dans ces galeries !

À deux mains, les pieds dans l'eau, il poussait l'embarcation vers le large, pestant contre les petits cailloux qui lui piquaient les orteils.

— Ne faites pas les imbéciles ! répéta le

bonhomme d'une voix déjà lointaine. Ces tunnels sont des pièges !

— Et s'il avait raison, glissa Lucien, si on se perdait ?

— Eh bien, on se retrouvera au bureau des objets perdus ! répliqua l'explorateur.

Mais, avant d'y aller, il fit un peu d'exercice pour se donner du courage, parce que, malgré ses boutades et ses airs bravaches, Platypus n'était pas très rassuré.

CHAPITRE 6

Ç a m'étonnerait qu'on trouve quoi que ce soit par ici !

Platypus, sans répondre, examinait les parois de la galerie. Par endroits, elles semblaient griffées par d'énormes pattes d'ours.

— Je suis sûr que ce n'est pas très prudent, poursuivit Lucien en marchant haut dans les pierres pour ne pas se prendre les pieds. En plus je parie que vous n'avez même pas de piles de rechange !

Platypus tourna le faisceau de sa lampe de poche vers lui, ce qui le fit cligner des yeux :

— Peut-être bien, mais celles-ci sont presque neuves.

— Pfft ! Presque neuves… comme vos chaussures !

— Qu'est-ce qu'elles ont mes chaussures ? Elles sont très bien mes chaussures !

— Elles sont vieilles ! précisa Lucien.

— Comment vieilles ! ? Elles n'ont que dix ans !

— D'ailleurs elle commence à fatiguer…

— Mes bonnes chaussures ?

— Non, la lampe ! s'énerva Lucien. Dans cinq minutes on ne verra plus rien !

L'explorateur s'éclaira l'œil à nouveau, mais cette fois sans ciller. Lucien réfléchissait. Ils n'étaient pas encore très loin de l'étang.

— Écoutez, je crois que j'ai une idée. Vous avez remarqué combien les crevettes du lac sont lumineuses…

— Quel rapport ? marmonna l'explorateur en tournant la tête.

Il écoutait la galerie. Leurs voix couraient sous les voûtes du souterrain et résonnaient, macabres.

— Je retourne au lac, j'y pêche un sac
de crevettes et je reviens. Vous, vous m'at-
tendrez ici. Brillantes comme elles sont,
elles devraient pouvoir nous éclairer un
petit moment…

— L'idée n'est pas mauvaise… approuva Platypus, toujours distrait par
l'écho du souterrain.

— Pas mauvaise ! répéta Lucien, pas
mauvaise !… seulement, je n'ai pas de sac !

Il secouait la tête en plissant les lèvres
pour montrer l'ampleur de sa déception.
Mais l'explorateur lui en tendit un grand,
un Ziploc à sandwich avec un croûton encore dedans. Du coup, Lucien se sentit stu-
pide. Il n'y avait plus qu'à s'exécuter. Le
chemin du retour défilait dans sa mé-
moire, sans obstacles, sombre et droit.

— À tout de suite, fit l'explorateur en
guise d'encouragement, comme si Lucien
partait faire une balade à vélo ou une
course à l'épicerie.

À tâtons, s'adossant contre les parois

du souterrain, Lucien recula d'un pas, puis de deux. Au troisième, pour se donner du courage, il sifflota les premières mesures de *Il était un petit navire.*

Au sortir de la galerie, Lucien chantait à tue-tête.

Les crevettes étaient au rendez-vous. Elles dansaient, lumineuses, virevoltaient entre les écueils, légères comme des feux follets. Sans trop se fatiguer, Lucien plongea le sac dans l'eau et attendit qu'il se remplisse.

De l'autre côté du lac, les gens dormaient, couchés pêle-mêle, les uns sur les autres, pour se réchauffer.

— La vie est étrange, pensa Lucien, mais il ne savait pas en quoi.

Il savait seulement qu'il avait envie d'être chez lui, enroulé dans ses draps.

Il patienta encore un peu, puis repêcha le Ziploc et le ferma.

CHAPITRE 7

Courageux garçon, marmonna Platypus quand sa lampe de poche cessa de suivre Lucien, même à trente-huit ans, j'aurais hésité… et peut-être aussi à trente-neuf.

La torche commençait à bafouiller sérieusement. L'explorateur la regardait mourir entre ses pieds, maigre halo, jaune comme un œil de tigre.

Puis, plus rien. Le noir. Le tigre dormait. Ronron petit patapon.

Du plafond ou des parois, de l'eau plocploquait, monotone, pesante et triste comme l'attente à un arrêt d'autobus.

Pour tuer le temps, Platypus se mit à

compter les gouttes. À la millième ou à la deux millième, une lueur verdâtre, une oscillation lumineuse, le fit bondir sur ses pieds.

— Lucien ! s'écria l'explorateur. Par ici, Lucien !

Au cri, la lumière se figea.

— Lucien ! répéta Platypus.

Et, bien que ce fût parfaitement inutile vu l'obscurité, il battit des bras pour attirer l'attention du garçon.

L'explorateur devait manquer de voix, car la lumière continuait sa course, s'éloignait, prenait le large et menaçait de disparaître.

— Lucien ! Lucien ! Mais qu'est-ce qui lui prend tout à coup à ce garçon ?

Sans réfléchir, l'explorateur se lança dans la galerie, s'y catapulta, haletant, trébuchant, les yeux tournés vers le minuscule éclair qui se dandinait plus loin, toujours plus loin.

Platypus passait en quatrième vitesse,

lorsque, aveuglé ou grisé par la poursuite, il se heurta la tête contre un piton rocheux qui l'arrêta sec et le laissa étendu sans connaissance.

* * *

— Vous désirez ? s'informa l'explorateur.

Il clignait des yeux.

Couché dans la gadoue, Platypus, encore étourdi par le choc, essayait de se relever en poussant sur ses mains. Il avait mal. Le ciel neigeait. De lourds flocons s'agrippaient à sa barbe.

Autour de lui, deux douzaines d'individus l'observaient en silence. Ils semblaient réfléchir, appuyés sur leurs sagaies, les plus frileux lui bottant les fesses pour se réchauffer.

— Non, mais, il ne faut pas vous gêner ! grogna Nicolas Platypus.

Ils n'avaient pas l'air très commodes.

Le plus expéditif, une brute aux bras énormes, proposa de l'achever à coups de gourdin. Il l'aurait sans doute fait si un grand gaillard roux en culottes de poil ne l'avait arrêté dans son élan.

Pliant les jambes, le rouquin se pencha vers l'explorateur pour l'examiner de plus près.

Platypus retenait son souffle. Après tout, s'il n'était pas malade, l'autre n'était pas médecin. Même avec un stéthoscope, le grand roux n'aurait pas été très rassurant.

Son inspection terminée, le gaillard empoigna l'explorateur et le souleva à six pouces du sol.

Attirées par le spectacle, des femmes s'étaient rapprochées. Les plus taquines pour tirer les cheveux du malheureux, les autres pour lui arracher ses vêtements.

À chaque cri poussé par Platypus, elles reculaient, effrayées, riant aussitôt, timides comme des écolières, les deux mains sur la bouche.

— Quelle sorte d'homme es-tu donc ? demanda le grand roux, es-tu des leurs ?

— Pardon ? répondit Platypus, interloqué.

— Quel est ton clan ? s'enquit le rouquin.

L'explorateur commençait à s'énerver :

— Mais de quel clan parlez-vous ?

— Alors on le tue ? cria le plus expéditif en brandissant son bâton.

Clovis Lapointe, le chef aux cheveux rouges, leva le bras pour le faire taire.

— Réponds, étranger !

Sa voix était rude, presque cruelle, et Platypus sentit la peur lui marteler les tempes.

CHAPITRE 8

Au même moment, Lucien, après avoir jeté un dernier coup d'œil sur la plate-forme, s'éloignait du lac et retournait dans la galerie.

Les crevettes devaient être alcalines, car elles éclairaient très bien et duraient long-temps. Des murs et des murs, des couloirs et des couloirs… sans s'arrêter…

Mais dans ces galeries, même en l'ap-pelant à pleins poumons, même en s'égo-sillant, Lucien ne trouva nulle trace de l'ex-plorateur.

Lucien avait beau s'astiquer les mé-ninges, il n'arrivait pas à comprendre pourquoi Platypus l'avait abandonné.

Abandonné.

L'idée était terrifiante et manquait terriblement d'espoir. Mais non de cymbales ; elles résonnaient dans sa tête comme autant de casseroles enfermées dans une grosse caisse.

Derrière Lucien, il n'y avait plus une, mais trois cent cinquante-quatre galeries. Ou trois cent soixante-deux. Ou quatre cent quatre-vingt-dix. Des chiffres qui affolaient la cervelle. Un labyrinthe inextricable qui rendait impossible le retour au lac ou à la plate-forme du métro.

Devant, ce n'était pas beaucoup mieux.

Pas de bonnes fées. Pas de lumière. Devant, ce serait lui, dans trente secondes, dans trois minutes, le temps d'avancer, de chanter encore une fois « le petit navire, ohé ! ohé ! ».

— Ohé ! Ohé ! cria Lucien. Ohé ! Ohé !

Et, comme l'aurait fait Platypus chez le dentiste, parce qu'il n'aimait pas qu'on farfouille dans sa bouche, Lucien serra les dents.

Il les serrait à se les briser, ohé ! ohé ! un pas, deux pas, trois pas, quand la galerie, contre toute attente, se fit moins plate et même raide.

Une pente, une montée au bout de laquelle s'essoufflait, sitôt entrée, une lumière terne d'un gris laiteux… la lumière du jour.

Une fin de nuit vers laquelle il se rua presque joyeux, tel un papillon sur une lampe.

* * *

La plaine s'étendait à l'infini, froide et venteuse. Une plaine de neige, hérissée d'herbes jaunes.

« Voilà encore autre chose », pensa Lucien en boutonnant son col de chemise. Ce Logachev, on aurait mieux fait de ne jamais le rencontrer !

Son regard suivait le vent, courait à perte de vue, moutonnait sur les bancs de neige, allait se perdre dans le gris du ciel.

En s'aiguisant les yeux, Lucien crut apercevoir une silhouette, une ombre agenouillée sur le sol.

« Platypus ! » songea-t-il immédiatement.

Il allait appeler, crier, hurler, quand une main ferme se posa sur son épaule.

C'était celle d'une petite fille.

CHAPITRE 9

Chuuttt! souffla-t-elle, tu vas nous faire repérer.

Loin de le calmer, cette soudaine apparition le fit braire comme un baudet. Pas que la fille fût moche, mais enfin, on ne surprend pas les gens comme ça.

L'ombre agenouillée dans la plaine infinie redressa la tête et, sous sa tuque, pointa les oreilles.

— Mais vas-tu te taire, bougre d'âne!? murmura pleine d'impatience la petite fille, tu veux donc nous faire zétripailler?

Si elle utilisait des mots étranges, c'est qu'elle était vêtue bizarrement, sans chichi, des peaux de bêtes sur le dos et un lacet dans les cheveux.

— Pardon ? chuchota Lucien, qui n'avait pas bien compris.

— Tu veux nous faire tuer ?

— Tuer ? Mais par qui ?

— Les autres !

Et elle grogna en fronçant le nez, pareille au félin à grandes canines.

Les Zôtres — et non pas les autres comme l'avait entendu Lucien — portaient des bonnets et habitaient dans de drôles de cabanes, de l'autre côté de la plaine. Ils étaient très méchants. C'est ce qu'elle racontait, la fille, en tirant Lucien par le bras.

— Une fois la semaine, poursuivit-elle, ils se réunissent pour se battre et crier.

Là-bas, l'ombre était retournée à ses occupations et continuait à fourrager dans la neige.

— Qu'est-ce qu'il fait ? demanda Lucien.

— Va savoir, répondit la petite fille, les Zôtres ont des comportements bizarres. Peut-être cherche-t-il nos traces ou pose-t-il des pièges !

Lucien hocha la tête.

— Viens ! commanda-t-elle, suis-moi !

La petite fille devait être très autoritaire, car le Zôtre, laissant de côté ses travaux, s'était relevé et fonçait maintenant droit sur eux.

CHAPITRE 10

N'ayez pas peur ! cria l'homme.
— N'ayez pas peur, n'ayez pas peur, on voudrait bien, marmonna Lucien, mais pas facile quand un Zôtralopithèque à bonnet vous fonce dessus !

Malgré sa bedaine, le Zôtre courait vite. Trop vite. Chacune de ses enjambées le rapprochait dangereusement.

— Séparons-nous ! proposa Lucien à la fille, si ça se trouve, il me suivra !

Mais ils avaient à peine fait un premier pas de côté que le Zôtre, déjà sur eux, écartait les bras et les cueillait tous les deux à la volée.

— N'ayez pas peur ! répéta-t-il lentement, je ne vous veux pas de mal !

Le Zôtre les avait lâchés et la fille se taisait, méfiante. Pour ne pas être en reste, Lucien serrait les poings d'un air farouche.

— Voyons, taquina l'homme. Il avança la main pour cajoler Lucien comme on caresse un chien, mais celui-ci se déroba.

— Comment t'appelles-tu ?

— Lucien.

La réponse lui avait échappé... sa bonne éducation. Tout penaud, il jeta un œil sur la fille qui, furieuse, le massacrait du regard.

— Et toi, petite fille ?

Le Zôtre l'observait, amusé. La petite fille se tenait boudeuse et raide, les bras croisés sur la poitrine. Après un court silence, il se présenta :

— Ingemar Apfelbaum, du Stockholm Institute.

— Enchanté, dit Lucien.

Cette fois, la fille lui donna un coup de pied.

— Peut-être pourriez-vous m'aider, poursuivit M. Apfelbaum...

Il souriait de toutes ses dents pour les rassurer.

— Je suis à la recherche…

Et il se mit à appuyer sur chacun de ses mots.

— Je cherche un animal, une sorte d'éléphant à bosse… vous voyez le genre, avec une trompe et des poils…

— Un gwynac ! laissa échapper la fille à son tour.

— Un mammouth ! traduisit Lucien. Vous auriez pu le dire tout de suite, ça m'aurait évité un point de côté.

— Vous en avez vu un ? demanda M. Apfelbaum, tout excité.

— Vous savez, reprit Lucien, je ne veux pas vous faire de peine, mais j'ai bien peur que M. Logachev ne vous ait raconté des histoires à vous aussi.

— M. Logachev ?

Le professeur baissa les yeux comme pour réfléchir.

— Excusez-moi, dit-il, mais qui est-ce ?

CHAPITRE 11

La petite fille, comme presque toutes les petites filles, n'habitait pas seule. Sa tribu, les Gens de la Grande Eau, logeait dans des tentes, au bord d'une rivière appelée La Blanche à cause de ses rapides.

Lorsqu'ils arrivèrent au camp, elle abandonna Lucien et le professeur pour se précipiter sur la grève où tout le monde déjeunait.

— Va te laver les mains, lui lança sa mère, sans même lui dire bonjour.

Mais, en apercevant les nouveaux venus, elle s'empressa d'aller chercher deux nouvelles assiettes.

Autour de la table, les gens étaient un

peu mal à l'aise, surtout à cause du professeur qui, avec sa tuque, ressemblait à un Zôtre. Le repas restait dans les écuelles sans qu'on ose ouvrir la bouche pour l'avaler.

— Ce sont des amis, dit la petite fille.

Les gens hochaient la tête : « Pour une si petite fille, se disaient-ils, même un lion des cavernes peut être un ami. »

Mais M. Apfelbaum n'était pas un lion des cavernes. Il était bien élevé. Pour faire bonne impression, il offrit du chocolat à une vieille grand-mère et un stylo Bic à une autre, plus vieille encore.

Un peu surprises, elles le remercièrent, et tout le monde recommença à manger.

— Prenez place ! dit un petit homme musclé qui devait être le chef.

De la main, il désigna les deux assiettes de bois que la mère de la petite fille avait apportées.

Des morceaux de viande piqués sur des bâtons cuisaient au-dessus du feu.

L'odeur qui s'en dégageait était appétissante et, sans se faire prier, Lucien et Apfelbaum s'installèrent.

À l'autre bout de la table, la petite fille les observait, très contente.

— Ils cherchent le gwynac, laissa-t-elle tomber distraitement entre deux bouchées.

Du coup, les gens redevinrent mal à l'aise.

— Le gwynac ? demanda le chef, en dévisageant les nouveaux venus, pourquoi donc ?

— Comme ça, bouffonna Lucien, un beau jour on se dit : tiens, si j'allais à la chasse au mammouth aujourd'hui, ça me changerait des nouilles au beurre !

S'il pensait faire rire, la tentative était ratée. Même le professeur Apfelbaum baissait la tête, gêné.

Lucien chercha des yeux la petite fille, mais elle aussi le regardait d'un air consterné.

— Mais quoi? ajouta Lucien pour s'excuser, c'était une plaisanterie!

— Il n'y a plus de gwynac depuis des siècles, coupa le chef, les Zôtres les ont tous tués!

Le professeur Apfelbaum écoutait tout en examinant la table. C'était une jolie table toute en os, un peu de travers mais solide.

Sous son assiette, il devinait des graffitis. Il les épousseta doucement du revers de la main. À côté des « Kevin aime Catherine » et des cœurs enrubannés, il découvrit toute une rangée de petits trous. Le monde est rempli de mystères. Mais pour un homme comme le professeur Apfelbaum, les mystères n'étaient jamais que de l'ignorance. En reliant les petits trous, Ingemar Apfelbaum crut voir se dessiner le crâne rond et le dos voûté d'un mammouth. Et ces trous n'étaient pas vieux.

— Je crois qu'il en reste au moins un, dit le professeur au chef, j'ai vu ses traces dans la plaine.

— Il a raison, s'écria la petite fille, moi aussi, je les ai vues. Il doit avoir faim.

— Et même s'il en restait un, insista le chef, ennuyé par la remarque de la petite, pourquoi tenez-vous tant à le rencontrer ?

— Pour des raisons scientifiques ! répondit Apfelbaum avec hauteur.

CHAPITRE 12

Tu as vraiment vu des traces de mammouth ? demanda Lucien à la petite fille quand ils furent seuls.

Ils marchaient le long de la rivière, entre les sapins et la rive.

— J'en ai assez d'aller chercher de l'eau, bougonna-t-elle. C'est toujours moi. Fais ci, fais ça… Les droits des enfants, ça existe, non ! ?

— Et ces traces, elles étaient comment ? continua Lucien, qui ne voulait pas dévier du sujet.

— Il vit dans les souterrains, tout le monde le sait. Il n'y a que les Zôtres qui ne le sachent pas. Il est très vieux et très petit…

— Un petit mammouth !? interrompit Lucien, étonné. Et vivant ?

— Un petit vieux gwynac tout ridé à qui on donne des branches de sapin à ronger en hiver. Heureusement qu'il ne sort pas beaucoup, sinon les Zôtres le tueraient !

— Pourquoi veulent-ils le tuer ?

— Pour mettre sa tête au-dessus de la cheminée, tiens !

La petite fille levait les yeux au ciel, l'air de vouloir dire : mais d'où sort-il, celui-là, pour poser des questions aussi idiotes !

— Moi, ajouta Lucien, j'ai un ami qui s'est perdu dans les souterrains, peut-être que le mammouth pourrait m'aider à le retrouver.

— Il faudrait lui demander, mais cesse de bavarder et dépêchons-nous de rapporter l'eau avant que ma mère s'impatiente.

Au campement, ils trouvèrent le chef et le professeur en grande discussion.

— Autrefois, nous chassions le gwynac, expliquait le chef, mais depuis Jérôme, mon arrière-grand-père, nous les avons toujours protégés. Dans l'histoire de la tribu, on dit que Jérôme mourait de faim, le pauvre, quand une brave gwynac lui donna la mamelle.

— Admettons, répliquait le professeur, mais maintenant que je connais son existence, nous pourrions aller lui rendre visite.

— Nous pourrions, lui accorda le chef, mais il est très vieux et un peu sourd ; je ne sais pas si vous en tirerez grand-chose. Et puis, il faudra être prudent à cause des Zôtres. Ils rôdent de plus en plus autour des souterrains, ils doivent l'avoir vu entrer. Leur chef, Clovis, serait très content d'avoir une veste en peau de gwynac.

— Écoutez, dit Apfelbaum d'un ton solennel comme s'il allait prendre une grave décision, je vais vous inventer l'arc, comme ça, vous n'aurez aucun mal à tenir les Zôtres à distance. J'aurais pu opter pour la mitrailleuse mais je crois que c'est un peu prématuré.

CHAPITRE 13

Hé! hé! hé! rigolait méchamment Clovis Lapointe en prenant ses hommes à témoin, ils vont nous mener tout droit au gwynac! Quels crétins ces Gens de la Grande Eau!

Sa petite troupe, couchée dans les hautes herbes, ricanait avec lui. Heureusement pour eux, le temps s'était radouci et personne n'avait le rhume. Un éternuement dans la plaine infinie eût immédiatement donné l'alerte.

Un peu plus bas, les hommes de la rivière Blanche se préparaient à conduire le professeur Apfelbaum et Lucien jusqu'au mammouth. Le chef marchait en tête, très

fier de son arc. Tous les deux pas, il déco-
chait une flèche pour tester sa nouvelle
arme.

Il s'amusait beaucoup et riait chaque
fois qu'un oiseau apeuré s'envolait d'un
arbre en piaillant.

Heureusement, d'où ils étaient, les
Zôtres les distinguaient à peine. Ils suivaient à bonne distance, souhaitant décou-
vrir la cachette du gwynac avant d'attaquer.

Pour s'encourager, ils discutaient cuisine, se partageant déjà les meilleurs morceaux. Le grand roux aurait la trompe,
c'était entendu, mais les faux-filets
n'étaient pas à dédaigner.

Platypus écoutait en silence. Les
Zôtres, plutôt que de le laisser au camp,
avaient préféré l'emmener avec eux. En cas
de pépin, ils pourraient toujours pousser
l'explorateur devant et se servir de lui
comme bouclier.

Pour tout le monde, c'était une journée
très intéressante.

* * *

— Gwynac! Gwynac! appelait le chef des gens de la rivière.

Il avait joint les mains et beuglait dedans comme dans une conque :

— Gwyiiii-nac! Gwyiiii-nac!

— Il n'a pas de nom ? demanda Lucien à la petite fille.

— Oui, répondit-elle, il s'appelle Fernand, mais il n'aime pas beaucoup son prénom.

Ils étaient tout près des souterrains, dans une sorte de canyon desséché aux parois abruptes.

Le professeur Apfelbaum frétillait d'impatience :

— C'est un grand jour! répétait-il. Enfin! Enfin! Gwynac! Gwynac!

Pour tout dire, sa bonne humeur frisait l'idiotie.

Les murs du canyon étaient fissurés, percés de trous et de cavernes. Lucien se demandait de quel endroit le petit mammouth allait sortir.

Pour l'appâter, les gens de la rivière avaient traîné avec eux des bottes de foin qu'ils disposaient maintenant en un grand tas.

— Il est un peu timide, dit le chef, mais il ne devrait pas tarder.

— Toute une vie de recherche! s'enflammait Apfelbaum, de plus en plus excité. Vous connaissez sûrement l'ouvrage *Psycholinguistique et psychomotricité, analyse structurale du mammouth laineux?* Eh bien, c'est de moi! lança-t-il fièrement.

Personne n'en avait jamais entendu parler.

— Taisez-vous un peu, lui chuchota Lucien qui commençait à perdre patience, peut-être que vous lui faites peur.

— Le voilà, dit tout à coup la petite fille.

Brandissant la trompe, un petit mammouth aux yeux tristes s'avançait lentement vers eux. Il agitait les oreilles comme font les éléphants en face d'un danger, bien que les siennes fussent minuscules.

Le chef se préparait déjà à embrasser le gwynac sur les deux joues, à lui souhaiter la bonne année ou autre chose, quand les Zôtres décidèrent d'attaquer.

CHAPITRE 14

Attata ! rugit le grand rouquin en levant sa sagaie, la victoire ou la mort !

Plutôt la victoire, décidèrent entre eux les Zôtres avant d'empoigner leurs armes. Parce que la mort, quand même, c'était un peu exagéré.

Profitant de ce court moment de réflexion, Platypus s'était débarrassé de ses gardiens pour filer à toutes jambes vers le canyon.

— Et qu'on rattrape le prisonnier ! hurla Clovis Lapointe.

Aux cris poussés par les Zôtres, les Gens de la Grande Eau s'étaient dispersés comme des moineaux.

Le mammouth, resté seul avec Lucien et la petite fille, barrissait d'effroi.

— L'arc! Utilisez l'arc! cria, tout énervé, le professeur Apfelbaum en regardant dévaler Platypus qu'il prenait pour un ennemi. Pensez à l'avenir de la science!

— L'avenir de la science?

Le chef ne pensait à rien du tout. Il se mit en position, les jambes légèrement fléchies, et tira sur la corde.

L'explorateur zigzaguait en tous sens, suivis par la horde des Zôtres.

— Il bouge trop, gémit le chef, je n'arrive pas à l'ajuster.

— Tirez! ordonna Apfelbaum, mais tirez donc!

La flèche siffla. Agrippés au mammouth, Lucien et la petite fille fermèrent les yeux. La flèche tournoyait, montait, filait vers Platypus qui brusquement fit un crochet.

— Vous l'avez raté, soupira le professeur.

Mais comme le chef était nouveau dans le sport, il évita de le disputer.

Du reste, la flèche n'avait pas été perdue pour tout le monde. Après avoir frôlé l'explorateur, elle poursuivit sa course, évita un mélèze, et alla se ficher dans les fesses du grand Clovis Lapointe.

— Une autre ! Vite, une autre ! s'écria Apfelbaum en voyant Platypus se rapprocher de plus en plus.

— Minute ! grommela le chef qui n'aimait pas être poussé dans le dos.

La suite aurait pu être désastreuse si Lucien n'avait subitement reconnu l'explorateur. Bondissant de joie, il abandonna la petite fille et le mammouth et se rua vers la falaise.

Pressé par Apfelbaum, le chef s'empêtrait dans son arc, laissait tomber sa flèche, la mettait à l'envers. Quand elle fut bien en place, Lucien et Platypus s'étaient rejoints. Ils s'examinaient tour à tour, se reculant pour mieux s'étreindre, s'étreignant pour mieux rigoler.

— Qu'est-ce qu'on fait? demanda le chef au professeur.

Apfelbaum haussa les épaules.

Tout comme les Gens de la Grande Eau, les Zôtres attendaient la fin de l'histoire.

Avec une flèche dans le derrière, Clovis Lapointe se sentait très handicapé.

Se redressant autant qu'il le pouvait, il se tourna vers le mammouth et s'écria :

— Il est trop petit !

Les Zôtres approuvèrent en silence : il était vraiment trop petit. Et pas beau en plus.

Et lorsque leur chef ajouta : « Rentrons ! », ils étaient tous très heureux d'obéir.

CHAPITRE 15

Les Zôtres partis, le professeur Apfelbaum put enfin rencontrer le gwynac.

Ils se considéraient l'un l'autre d'un œil curieux, ne sachant comment s'aborder.

— Monsieur, risqua le professeur Apfelbaum, je suis très heureux de faire votre connaissance.

Le petit mammouth agita la trompe pour montrer que le plaisir était réciproque.

À l'écart jusque-là, Lucien et Platypus s'approchèrent, un peu intimidés.

— Vous connaissez déjà Lucien, poursuivit le professeur… Voici son copain, Nicolas Platypus.

— Enchanté, monsieur, dit l'explorateur.

Avant d'ajouter, tout bas, à l'adresse d'Apfelbaum :

— Vous êtes sûr qu'il comprend ?

— Taisez-vous, répondit le professeur, vous allez l'insulter !

Appuyé sur son arc, le chef des Gens de la Grande Eau les observait :

— Bon, je vous laisse, dit-il, j'ai promis à ma femme de rentrer pour souper.

Il fit signe à ses hommes de se préparer à partir.

Lucien chercha la petite fille des yeux. Assise sur les talons, elle attendait un peu plus loin, le regard vide, en tire-bouchonnant ses cheveux.

— Au revoir ! lui lança-t-il.

— Chez nous, répondit-elle en se relevant, on se frotte le nez pour se dire au revoir.

— Vas-y ! encouragea Platypus, il faut respecter les coutumes.

Lucien se sentit rougir.

— Allez ! répéta l'explorateur.

Avec la main, il le poussa vers la petite fille, qui maintenant baissait les yeux :

— Tu reviendras, n'est-ce pas ? lui dit-elle. J'ai encore plein de choses à te montrer !

— J'essaierai, bafouilla Lucien qui ne savait pas quoi dire.

— Je suis certaine que tu reviendras.

Et, d'un brusque mouvement de tête, elle appuya son nez contre celui du garçon.

* * *

Après avoir englouti trois ballots de foin, le mammouth rota un petit coup. Avec l'âge, il avait moins d'appétit.

— C'est comme pour le sommeil, déplorait-il, je n'arrive plus à dormir !

Il se plaignait dans sa tête, évidemment, parce que les mammouths ne savent pas parler.

Rassasié, il se dirigea d'un pas arthritique vers les souterrains. Les trois visiteurs suivaient. Platypus, cette fois, s'était muni d'une torche, qu'il enflamma sitôt entré dans la caverne.

— Je ne me rappelle pas être passé par ici, murmura Lucien.

— Moi non plus, lui confia Platypus, mais tous ces souterrains doivent communiquer entre eux.

Le professeur Apfelbaum marchait en tête, tout juste derrière le mammouth. Il avait sorti son carnet et prenait des notes.

Comme il n'avait encore rien remarqué de particulier, il gribouillait des clés de sol qu'il emboîtait les unes dans les autres.

Ils débouchèrent bientôt dans une vaste salle, faiblement éclairée par un puits de lumière. Des branches de sapin, à moitié rongées, jonchaient le sol. Tournant la tête, le petit mammouth regarda Apfelbaum de ses gros yeux tristes.

— C'est ici qu'il habite, souffla le professeur.

— Pas très gai, constata Platypus.

— Si nous l'emmenions avec nous ? proposa Lucien.

— Où allez-vous ? demanda Apfelbaum avec intérêt.

— Au métro ! dit Lucien.

Et il éclata de rire, parce que parler du métro dans le fond d'une caverne lui semblait tout à coup très saugrenu.

CHAPITRE 16

Il riait encore quand un groupe de se-couristes, sortant d'une galerie adja-cente, déboula dans la place.

— Enfin vous voilà ! s'écria le maire. Il ne manquait plus que vous ! Heureuse-ment que vous étiez inscrits, on vous au-rait oublié. Ces gens sont venus nous cher-cher.

Il montrait de la main une demi-dou-zaine de pompiers, casqués, bottés, encor-dés, une lampe au front.

Le maire souriait beaucoup, très fier de lui :

— C'est Georges, le type du bateau, qui nous a dit où vous étiez. Dans les souterrains. On peut dire que vous nous avez donné du mal.

Le maire promenait un regard curieux dans la caverne. S'arrêtant sur Apfelbaum, puis sur le mammouth, il ajouta :

— Je vois que vous avez de la compagnie…

Platypus, encore saisi par l'arrivée des sauveteurs, fit les présentations de manière confuse.

Le professeur salua de l'index et le mammouth, de la trompe.

— Bon, poursuivit le maire, depuis le temps qu'on vous cherche, ces braves gens (il désigna l'équipe de secouristes) sont pressés de rentrer. Si vous êtes prêts, nous y allons !

* * *

Le retour se fit sans peine, Apfelbaum et le mammouth fermant la marche. En chemin, le maire expliqua que, en ville, on

s'était finalement inquiété de l'absence de tant de gens.

— Surtout de mon absence à moi, précisait-il en tripotant son nœud de cravate.

D'habiles enquêteurs, de fins limiers, étaient descendus dans le métro et les avaient trouvés.

— Des gens très bien, ajouta le maire d'une manière un peu sotte.

Des zodiacs les attendaient au bord du lac et ils purent rapidement traverser le lac jusqu'au quai.

Une nouvelle rame de métro avait été appelée pour évacuer les prisonniers de la plate-forme. Elle les attendait, rutilante et bleue.

Les gens s'entassaient dans les wagons, joyeux comme en vacances. Quand le maire apparut, suivis des pompiers, du mammouth et des trois compagnons, il y eut comme une explosion de hourras. Certains se mirent même à chanter.

— Du calme, du calme mes amis, se défendait le maire en levant les bras.

Énervé par le bruit, le petit mammouth se serrait peureusement contre Lucien et Platypus, tout comme le professeur Apfelbaum, habitué au silence de ses livres.

De derrière toutes les vitres, on ouvrait ronds les yeux, en les montrant du doigt.

— Avec mes relations, chuchota le maire à ses trois compagnons, quand ils furent montés dans un des wagons, je pourrais facilement placer votre mammouth. J'ai un ami à…

CHAPITRE 17

Grâce au maire, le petit mammouth se trouva un emploi au département de zoologie de l'université. On aurait préféré embaucher un dinosaure, pour le prestige, mais un mammouth pouvait très bien faire l'affaire.

Du monde entier, on accourut pour l'admirer. Les invitations pleuvaient : il put visiter l'Asie et l'autre Amérique, l'Europe et l'Afrique.

Le professeur Apfelbaum disparut peu de temps après son arrivée en ville. D'après des témoignages recueillis auprès des Inuits, on aurait vu se promener du côté du Groenland sa silhouette courbée sur les glaces.

* * *

Mains dans les poches, Lucien et Platypus marchaient le long du trottoir.

Ce n'était pas encore l'hiver, mais plus tout à fait l'automne. À gauche, le parc Lafontaine était désert. Ils cherchèrent des yeux le chat de M. Logachev, mais ne le trouvèrent pas.

De l'autre côté de la rue, la maison du terrassier avait perdu sa couleur. Des ouvriers l'avaient repeinte. D'autres trimbalaient des plaques de gypse en rageant contre la courbe de l'escalier qui leur rendait la tâche pénible.

La maison avait été vendue, et le nouveau propriétaire aménageait les lieux.

— Dites, monsieur Platypus, demanda Lucien, tout en regardant travailler les hommes, où étions-nous au juste ?

— Ça, répondit l'explorateur, je ne le sais pas.

Il prit le temps de réfléchir deux minutes avant d'ajouter :

— Je mangerais bien quelque chose,
pas toi ?

MISE EN PAGES ET TYPOGRAPHIE :
LES ÉDITIONS DU BORÉAL

ACHEVÉ D'IMPRIMER EN SEPTEMBRE 1999
SUR LES PRESSES DE L'IMPRIMERIE AGMV MARQUIS
À CAP-SAINT-IGNACE (QUÉBEC).